Maldita parentela

França Júnior

Copyright © 2013 da edição: Editora DCL – Difusão Cultural do Livro

Equipe DCL – Difusão Cultural do Livro

DIRETOR EDITORIAL: Raul Maia

Equipe Eureka Soluções Pedagógicas

REVISÃO DE TEXTOS: Joana Carda Soluções Editoriais

Texto em conformidade com as novas regras ortográficas do Acordo da Língua Portuguesa

Dados Internacionais de Catalogação na Publicação (CIP)
(Câmara Brasileira do Livro, SP, Brasil)

França Júnior, Joaquim José da, 1838-1890.
Maldita parentela / França Junior. --
São Paulo : DCL, 2013. -- (Clássicos literários)

ISBN 978-85-368-1640-1

1. Teatro brasileiro I. Título. II. Série.

13-01069   CDD-869.92

Índices para catálogo sistemático:

1. Teatro : Literatura brasileira   869.92

Impresso na Índia

Editora DCL – Difusão Cultural do Livro
(11) 3932-5222
www.editoradcl.com.br

Sumário

CENA I 5
CENA II 8
CENA III 9
CENA IV 9
CENA V 11
CENA VI 12
CENA VII 14
CENA VIII 15
CENA IX 16
CENA X 17
CENA XI 18
CENA XII 20
CENA XIII 20
CENA XIV 21
CENA XV 23
CENA XVI 24
CENA XVII 24
CENA XVIII 25
CENA XIX 27
CENA XX 28
CENA XXI 29
CENA XXII 30

Comédia em um Ato

Personagens

Cassiano Vilasboas	33 anos
Hermenegilda Taquaraçu de Miranda	30 anos
Desidério José de Miranda	60 anos
Damião Teixeira	50 anos
Raimunda, sua mulher	45 anos
Mariazinha, sua filha	20 anos
Major Basílio	60 anos
Laurindinha, filha do Major	20 anos
Cocota, filha do Major	20 anos
Guimarães	40 anos

3 criados; 3 meninas de 7 a 10 anos; 1 menina de 8 anos; convidados.

A ação passa-se no Rio de Janeiro, no ano de 1871.

ATO ÚNICO
O teatro representa uma sala mobiliada com elegância. É noite.

CENA I

[Damião Teixeira e Raimunda]

DAMIÃO (*Entrando por uma das portas da esquerda, a Raimunda, que entra pela direita*) – Onde está Marianinha? *(Com alegria. As salas regorgitam de gente e neste momento acaba de entrar a família do Comendador Pestana).*

RAIMUNDA – Marianinha está no toalete com as filhas do Conselheiro Neves.
DAMIÃO – Que reunião luzida! São apenas nove horas e já tenho em casa dois desembargadores, três deputados, um conselheiro, um tenente-coronel...

RAIMUNDA – O pior é que chove a cântaros.

DAMIÃO – Tanto melhor. Haverá à porta maior número de carros e o nosso baile, durante uma semana pelo menos, será o assunto das conversações na vizinhança.

RAIMUNDA – Você só pensa nos seus comendadores e barões e não se lembra do mano Basílio e das meninas da Prainha. Sabe Deus como elas virão por aí, coitadinhas, metidas num bonde, todas enlameadas e correndo o risco de uma constipação.

DAMIÃO – Se é por esse motivo que a chuva a incomoda, então fique sabendo desde já que eu não duvidaria dar às almas o dobro do que gastei esta noite para ver desabar sobre a cidade um tremendo temporal, dez vezes maior que o de dez de outubro.

RAIMUNDA – Se a minha família o envergonha, porque casou comigo?

DAMIÃO – Ora, Raimunda, falemos com franqueza, a tua parentela é um escândalo!

RAIMUNDA – Em que é que os seus parentes são melhores que os meus?

DAMIÃO – Aqui para nós, que ninguém nos ouça. Tu achas que teu mano Basílio...

RAIMUNDA – Teu mano, não; seu cunhado.

DAMIÃO – Vá lá; tu achas que meu cunhado Basílio e aquelas duas filhas; uma muito desengonçada e a dar gargalhadas a todo o momento e a outra de cara sempre amarrada a responder às amabilidades que lhe dizem com desaforos e muxoxos de crioula, estão no caso de entrar em um salão de gente que se trata?

RAIMUNDA – Quem te viu e quem te vê!

DAMIÃO – Desde que me entendo, encontro-as em toda parte com uns célebres vestidos brancos, tão cheios de fofinhos, pregas e canudos que parecem estar vestidas de tripas. E o tal Senhor Cassiano Vilasboas? Não se me dá de apostar que ele vem por aí de casaca e calça branca.

RAIMUNDA – Pois olhe, o primo Vilasboas foi sempre um janota.

DAMIÃO – Um janota da Ponta do Caju, que me tem quebrado, com os seus estouvamentos, quanta louça tenho em casa.

RAIMUNDA – Não é tanto assim.

DAMIÃO – Eu daria parabéns a mim próprio, senhora, se a sua parentela tivesse a feliz lembrança de não pôr cá os pés. Sabe que este baile é dado especialmente ao Senhor Joaquim Guimarães, que é um homem às direitas, com quem desejo casar Marianinha. Já vê, que é preciso que nos meus salões se encontre a nata da sociedade fluminense.

RAIMUNDA – Não compreendo porque queres a nata da sociedade em tua casa quando pretendes casar tua filha com um lorpa, um sujeito sem educação, que vai fazer a sua infelicidade.

DAMIÃO – Pois um homem que traz para o casal aquilo com que se compram os melões faz porventura a infelicidade de alguém?! Pelo amor de Deus, senhora, não diga disparates.

RAIMUNDA – Se reservavas esta sorte para a pobre menina, seria melhor que não a tivesses mandado educar com todo o esmero em um colégio francês.

DAMIÃO – Pois saiba que é atendendo mesmo a essa educação que desejo casá-la com o tal lorpa, como a senhora o chama. Marianinha está acostumada ao luxo, à vida da alta sociedade e um marido dinheiroso é para ela hoje tão necessário como o ar que respira.

RAIMUNDA – Um marido que há de envergonhá-la em toda a parte.

DAMIÃO – Não há de ser tanto assim. Concordo que a princípio ele cometa suas inconveniências e que dê mesmo algumas patadas bravias; mas depois há de ir se acostumando pouco a pouco à atmosfera dos salões e acabará finalmente por falar a linguagem do bom-tom e não dar um passo sem atender ao formulário da etiqueta.

RAIMUNDA – Veremos.

DAMIÃO – Ora, minha amiga, tu queres medir todos pela bitola de tua família, que nasceu na Prainha, na Prainha foi educada e há de morrer na Prainha.

RAIMUNDA – Está bom, a minha família não está em discussão.

DAMIÃO – Eu já sei o que a senhora quer. Vem com pés de lã advogar a causa do tal doutorzinho que me anda a namorar a pequena...

RAIMUNDA – Pois fique sabendo que Marianinha já me disse que, a não dar a mão ao Senhor Doutor Aurélio, não se casava com mais ninguém. E eu acho que ela faz muito bem.

DAMIÃO – O quê?! Pensa porventura a Senhora Raimunda que eu vou casar minha filha com um valdevinos sem fortuna e sem família?...

RAIMUNDA – Mas...

DAMIÃO – Sim, sem família. Dou um doce ao tal sujeitinho se ele for capaz de dizer quem seja seus pais.

CENA II

[Os mesmos e três convidados]

DAMIÃO (*A duas damas e a um velho que entram pelo fundo*) – Ó Senhor Visconde, pensei que não viesse. (*Aperta a mão do Visconde*) Raimunda, leva as capas das senhoras para o toalete. (*Raimunda beija as duas moças, tira-lhes as capas e entra pela esquerda voltando logo. As moças sentam-se*) Pode dispor desta casa como se fosse sua.

RAIMUNDA (*Para as moças*) – A Senhora Viscondessa por que não veio?

DAMIÃO (*Para o velho*) – É verdade, por que não trouxe a Excelentíssima Senhora?

CENA III

OS MESMOS e mais TRÊS CONVIDADOS.

DAMIÃO (*A um moço que entra com duas damas pelo fundo*) – Ó Excelentíssimo! Raimunda, o Senhor Doutor Chefe de Polícia. Minha mulher. (*Raimunda cumprimenta o moço, beija as três moças, tira-lhes as capas e leva-as para o toalete, depois do quê, volta para a cena. As moças sentam-se*)

CENA IV

[Raimunda, Damião, os convidados, Basílio, Laurindinha, Cocota, três meninos, de 7 a 10 anos, e uma menina de 8 anos]

RAIMUNDA – Como está, mano Basílio? (*Laurindinha, Cocota e os meninos tomam a bênção a Raimunda*)

DAMIÃO (*À parte*) – Jesus! Veio a família em peso!

LAURINDINHA (*Rindo-se às gargalhadas*) – Estamos todas enlameadas! (*Apertando a mão de todos que estão na sala, um por um*) Como tem passado? (*A outra*) Eu estou boa, muito obrigada. (*A outro*) Boa noite. (*A outro*) Tem passado bem? (*A outro*) Como vai?

DAMIÃO (*À parte*) – Que vergonha, meu Deus! Entram em um baile apertando a mão de todos, sem uma apresentação sequer!

LAURINDINHA (*A outra*) – Viva!

DAMIÃO (*Baixo a Raimunda*) – Senhora, pelo amor de Deus, toque estas sirigaitas daqui para fora. (*O major Basílio, os três meninos, a menina e Cocota seguem também um atrás do outro apertando a mão de todos, que ocultam o riso com o lenço na boca*)

RAIMUNDA (*Baixo a Damião*) – De que é que esta súcia se ri?

DAMIÃO (*Baixo*) – A senhora ainda o pergunta?! Olhe para aqueles vestidinhos, cheios de fitas de todas as cores. Parece-me estar vendo o mastro do Castelo em dia de chegada de voluntários.

BASÍLIO (*Abraçando o Chefe de Polícia*) – Oh! Há quanto tempo não o vejo.

DAMIÃO (*À parte*) – O que é aquilo, o que é aquilo?!

BASÍLIO – Não é o Senhor Tomé da rua do Alcântara, a quem tenho a honra de falar?

DAMIÃO (*Pondo-se de permeio*) – Venha tirar par para uma quadrilha, Excelentíssimo.

BASÍLIO – Desculpe-me, estou sofrendo tanto da vista.

LAURINDINHA (*Rindo-se*) – Ah! Ah! Ah! Titia, não imagina o reboliço que houve lá em casa por causa deste baile.

DAMIÃO (*Com riso forçado*) – Nós imaginamos, nós imaginamos.

LAURINDINHA – Ah! Ah! Ah! Eu e Cocota queríamos fazer uns vestidos novos para pôr poeira hoje aqui em tudo. O diabo do italiano que costuma levar fazendas lá na Prainha flauteou-nos e não tivemos remédio senão lançar mão destes vestidos que fizemos para a chegada do Conde D'Eu. Toca a mudar fitas. Ah! Ah! Ah! Papai estava furioso. Já não posso com tanta despesa, disse ele. Ah! Ah! Ah! Saímos de casa todas engomadas, principiava a fuzilar. Quando chegamos ao Largo da Imperatriz, desabou uma pancada d'água...Ah!Ah! Ah! Os bondes passavam...papai, sciu, sciu, sciu, pára! Qual! Iam todos atopetados. Ah! Ah! Ah!

DAMIÃO (*Interrompendo*) – Vamos tirar pares, vamos tirar pares.

LAURINDINHA – A mana está danada.

COCOTA (*Zangada*) – Me deixe.

LAURINDINHA – Ah! Ah! Ah! Está com os sapatos todos encharcados, e a meia caiu-lhe pela perna abaixo.

COCOTA (*Zangada*) – Não é de sua conta; cuide de sua vida que não faz tão pouco.

LAURINDINHA – Eu lá tenho a culpa que você viesse com os sapatos rotos?

COCOTA – Vá plantar batatas.

DAMIÃO (*À parte*) – Que vergonha! (*Alto*) Vamos tirar pares, vamos tirar pares.

COCOTA – Se você me exaspera muito, olhe que eu faço uma das minhas, hein?

BASÍLIO (*Para Cocota e Laurindinha*) – Vocês não trouxeram aquela música a quatro mãos?

COCOTA – Eu não, não tinha eu mais que fazer.

BASÍLIO – Mas por que não trouxeste a música?

COCOTA – Porque não quis, está aí.

CENA V

[Os mesmos e Vilasboas]

VILASBOAS (*Entra pelo fundo, traja casaca e calça branca; traz um cachê-nez ao pescoço, a bainha da calça dobrada, sapatos de borracha e um chapéu de chuva sobraçado com a ponta para o ar*) – Afinal, sempre cheguei.

LAURINDINHA (*Batendo palmas*) – Iu...ó primo Vilasboas. Que pagode. Ah! Ah! Ah! (*Vilasboas cumprimenta a todos com a ponta do guarda--chuva voltada para o ar*)

DAMIÃO (*À parte*) – Mais outro.

BASÍLIO (*A Vilasboas que o cumprimenta*) – Olhe que você fura-me um olho.

VILASBOAS – Estou molhado como um pinto. (*Recuando para apertar a mão de Raimunda dá com o cabo do chapéu em um aparador e atira uma jarra ao chão*)

DAMIÃO (*À parte*) – Começa o diabo a quebrar-me tudo.

VILASBOAS (*Para Raimunda*) – Não se incomode, eu pago. Com licença. (*Abre o chapéu de chuva e coloca-o no chão*)

DAMIÃO – O que é isto, senhor?

VILASBOAS – É para enxugar. (*Damião fecha o chapéu e coloca-o a um canto. Vilasboas senta-se no sofá, tira os sapatos de borracha e atira-os para baixo, desenrola o cachê-nez e desdobra a bainha da calça*)

DAMIÃO (*Baixo a Raimunda*) – Estou com a cara mais larga que um tacho. (*Alto*) Vamos tirar pares, vamos tirar pares.

CENA VI

[Vilasboas, os convidados, os meninos, Laurindinha, Cocota, Basílio, Damião, Raimunda, Hermenegilda e Miranda]

RAIMUNDA – Entre, prima Hermenegilda.

HERMENEGILDA (*Cumprimentando a todos*) – Pensei que não nos apropinquássemos mais às avenidas deste palácio, todo por dentro e por fora iluminado, como diz Alexandre Herculano no Otelo.

DAMIÃO (*À parte*) – Faltava mais este casal para coroar a obra.

VILASBOAS (*Para Laurindinha*) – A mana Hermenegilda fala que se pode ouvir.

HERMENEGILDA – Deixamos a poética Praia do Caju envolvida nos vapores fosforescentes do cair das sombras que abandonavam a terra.

DAMIÃO (*À parte*) – Quanta asneira, meu Deus!

HERMENEGILDA – A lua ocultava o perfil entre nuvens negras como diz o cantor do Jocelyn.

DAMIÃO (*Interrompendo*) – Mas vamos tirar pares, vamos tirar pares.

MIRANDA (*Para o Chefe de Polícia*) – Se não me engano, é o Senhor Doutor Chefe de Polícia da Corte? Há de permitir-me que apresente minha filha a Sua Excelentíssima. (*Apresentando Hermenegilda*) O Senhor Doutor Chefe de Polícia. Minha filha, Dona Hermenegilda Taquaruçu de Miranda.

HERMENEGILDA – Creio que é inútil esta apresentação, porquanto já tive o prazer de enlaçar o meu braço no de Vossa Excelência no voluptuoso baile do Fragoso.

VILASBOAS – É verdade, como esteve voluptuoso aquele baile! Havia gente como terra. (*A orquestra toca dentro uma quadrilha*)

DAMIÃO – A orquestra dá o sinal para a segunda quadrilha. Não há tempo a perder, meus senhores.

MIRANDA (*Para o Chefe de Polícia*) – Se Vossa Excelência não tem par, tomo a liberdade de oferecer-lhe minha filha. (*O Chefe de Polícia dá o braço a Hermenegilda*)

HERMENEGILDA – Eu amo a dança, como o saltitante colibri, pulando de várzea em várzea ora aqui, ora ali, ama as pétalas de flores, onde a borboleta vai colher o delicioso mel. (*Saem ambos*)

LAURINDINHA (*Para Vilasboas*) – Primo, você dança comigo; nós cá quando nos ajuntemos, pintemos. Ah! Ah! Ah! (*Sai de braço com Vilasboas*)

BASÍLIO (*Para a menina*) – Eu vou ver um par para ti, Isabelinha. (*Dirigindo-se a um dos convidados*) Se ainda não tem dama peço-lhe que dance com esta menina. (*A menina sai de braço com o convidado*) Vocês (*Para as meninas*) vejam lá como se portam, vão para a sala, fiquem bem sossegadinhas num canto e sobretudo não me metam a mão nas bandejas. (*Saem as meninas, os outros convidados tiram pares e saem também*)

DAMIÃO (*Para Cocota*) – Você não vai dançar, menina?

COCOTA – Estou muito bem sentada.

DAMIÃO – Se veio cá para fazer papel de jarra, seria melhor ter ficado em casa.

COCOTA – Jarra será ele, veja lá se está falando com seus negros. Se pensa que faço muito empenho em vir aos seus bailes, fique sabendo que vim cá somente para fazer a vontade a papai. Depois que apanhou umas patacas ficou tão cheio de impostúrias e de sobêrbias que parece que tem o rei na barriga. Eu não faço caso de dinheiro.

BASÍLIO – Menina, respeite seu tio, que é mais velho; vá dançar.

Cocota – Não vou, não vou e não vou. (*Sai para a toalete levando consigo uma moça*)

BASÍLIO (*Dando o braço a duas damas e saindo*) É muito bem criada, mas quando teima, ninguém pode com ela.

CENA VII

[Damião e Miranda]

MIRANDA – Na realidade, invejo a posição em que te achas.

DAMIÃO (*Com ar pretensioso*) – Ora, meu amigo, mudemos de conversa.

MIRANDA – Infelizmente não posso fazer outro tanto, apesar de ter um elemento com quem podia figurar mais do que tu.

DAMIÃO – Qual é?

MIRANDA – Uma filha inteligente e interessante.

DAMIÃO – Não te compreendo.

MIRANDA – Desconheces porventura a importância da mulher na sociedade? Não sabes que de um momento para outro ela pode arremessar-nos ao abismo com a mesma facilidade com que eleva-nos às mais altas posições? Hermenegilda tem todos os dotes para fazer-me subir e, no entanto, ainda nada consegui até hoje.

DAMIÃO – Ora Miranda...

MIRANDA – Ela, por sua parte, coitada, faz todo o possível. Não a viste, há pouco, com o Chefe de Polícia? Um homem solteiro, em boa posição... um corte de marido, às direitas. Parece-me que o caiporismo vem de mim.

CENA VIII

[Os mesmos e Joaquim Guimarães]

GUIMARÃES (*Entrando pelo fundo*) – Há um quarto de hora que ando pelas salas a sua procura. Irra!...Estou suando como um burro.

DAMIÃO – Ó Senhor Guimarães, a sua ausência já me era muito sensível!

MIRANDA (*Baixo a Damião*) – Este homem não é aquele sujeito muito apatacado de que me falaste uma vez?

GUIMARÃES – Não pude vir mais cedo. Mandei ver umas botas para o seu bródio, encomendo ao diabo do caixeiro que me procurasse quarenta e oito, três, que é o número que calço, e o ladrão traz-me estas botinas. Estou com os pés intransitáveis.

MIRANDA (*Baixo a Damião*) – Apresenta-me a este homem.

GUIMARÃES – Decididamente não me sei haver com isto. Quem me tira de um bom chinelo-de-tapete, tira-me de tudo.

DAMIÃO – Já esteve na sala da frente?

GUIMARÃES – Acabo de sair de lá.

DAMIÃO – Que tal?

GUIMARÃES – O mulherio é magnífico!

MIRANDA (*À parte*) – É preciso que ele dance com Hermenegilda.

GUIMARÃES – Mas quer que lhe fale com franqueza? Eu não gosto de bailes de cerimônia. Se algum dia der reuniões em minha casa, não hei de fazer convites. Encontrando algum conhecido na rua, chamo-o e digo-lhe: Vem cá, fulano, vai tomar hoje uma xícara de água suja lá em casa; podes ir assim mesmo que lá não vai ninguém de bem. Não me entendo com negócios cá de casaca e gravata ao pescoço, está a gente fora de seus hábitos.

MIRANDA – O senhor é como eu.

GUIMARÃES – Quem é o senhor?

MIRANDA – Chamo-me Desidério José de Miranda, moro na Ponta do Caju e sou pai de uma menina que é um anjo.

GUIMARÃES – Onde está ela?

DAMIÃO (*Interrompendo com vivacidade*) – Vamos para a outra sala; minha filha espera-o com ansiedade...

MIRANDA – Venha, eu vou apresentá-la.

DAMIÃO – Oh! Aí vem Marianinha.

CENA IX

[Marianinha, Aurélio, Damião, Miranda e Guimarães]

GUIMARÃES (*A Marianinha*) – Ora muito boas noites, minha senhora. Então, como vai a Sé velha? (*Apertando-lhe a mão*)

DAMIÃO (*A Aurélio*) – Desejava falar-lhe, Senhor Doutor.

AURÉLIO (*À parte*) – Compreendo.

MIRANDA (*À parte*) – O patife quer me empatar as vasas.

DAMIÃO (*Saindo com Aurélio*) – Vamos também, Miranda, quero comunicar-te um negócio de muita importância. (*Saem os três. Aurélio lança, ao sair, um olhar furtivo para Marianinha*)

CENA X

[Marianinha e Guimarães]

GUIMARÃES (*À parte*) – Que diabo lhe hei de eu dizer? (*Alto*) O dia de hoje tem me corrido muito bem, minha senhora.

MARIANINHA – Deveras?

GUIMARÃES – É verdade.

MARIANINHA – Então, pelo quê?

GUIMARÃES – Vendi de manhã no meu armazém três barricas de paios avariados e tenho agora o prazer de estar ao seu lado.

MARIANINHA – Que amabilidade!

GUIMARÃES – Ah! eu não sou homem de etiquetas, digo o que sinto. Fiz um bom negócio e desabafo com a menina, que é uma pessoa a quem amo com todas aquelas. Também se não gostasse da senhora, dizia-lhe logo nas ventas; eu para isso sou bom.

MARIANINHA – O senhor gosta de franqueza?

GUIMARÃES – É a alma do negócio

MARIANINHA (*Com ironia*) – O Senhor Guimarães é um espírito altamente poético; o negócio jamais lhe sai da cabeça, mesmo ao lado da mulher a quem ama.

GUIMARÃES – Se eu não pensar no negócio ao pé da senhora, quando é que hei de pensar então? Além disso o casamento é um verdadeiro negócio.

MARIANINHA – Ah?!

GUIMARÃES – Sim, senhora; é uma sociedade sujeita a perdas e lucros e que tem por capital o amor. Quando o capital se esgota, dissolve-se a firma social, e cada um trata de procurar o seu rumo.

MARIANINHA – Pois já que o senhor gosta de franqueza, há de permitir-me que lhe diga que a nossa firma social é impossível.

GUIMARÃES – Impossível?! Por quê?

MARIANINHA – Já dei o meu capital a outra sociedade.

GUIMARÃES – Já deu o seu capital?! Não é isto o que seu pai tem me dito!

MARIANINHA – Mas é o que lhe digo agora.

GUIMARÃES – Ora, a menina está caçoando. E se o Senhor Damião a obrigar?

MARIANINHA – Casar-me-ei com o senhor, mas o meu coração nunca lhe pertencerá. (*Aurélio aparece ao fundo. Marianinha vai retirar-se*)

GUIMARÃES – Venha cá.

MARIANINHA (*Para Aurélio*) – Dê-me o seu braço, Senhor Aurélio. (*Sai com Aurélio*)

GUIMARÃES (*Pensando*) – Nada. (*Pausa*) Não me serve.

CENA XI

[Guimarães, Miranda e Hermenegilda]

MIRANDA (*Apresentando Hermenegilda*) – Aqui está o anjo de que lhe falei. (*Baixo a Hermenegilda*) – Trata-o com toda a amabilidade e vê se o seguras; olha...(*Faz sinal de dinheiro*) Eu a entrego, Senhor Guimarães.

GUIMARÃES – Minha senhora...

HERMENEGILDA – Eu já o conhecia tradicionalmente.

GUIMARÃES (*À parte*) – Isto é aguardente de outra pipa.

HERMENEGILDA – O seu ar nobre, as suas maneiras distintas, cativaram-me o peito em arroubos divinais.

GUIMARÃES – Ora, minha senhora, quem sou eu? Um pobre diabo carregado de esteiras velhas...

HERMENEGILDA – Mas que tem um coração magnânimo e generoso, como um poeta. Não gosta de versos?

GUIMARÃES – Hum...Assim, assim.

HERMENEGILDA – Certamente ama mais a música?

GUIMARÃES – Já fiz parte da Sociedade Recreio da Harmonia, estive aprendendo a tocar clarineta, mas tenho uma péssima embocadura. Nunca cheguei a sair incorporado à banda.

HERMENEGILDA – A música é a minha paixão predilética. Naquelas notas místicas, como diz Eugene Sue nos Ciúmes do Bardo, a alma esvai-se e perfumes ignotos. Conhece Meyerbeer?

GUIMARÃES – Muito. Não conheço eu outro.

HERMENEGILDA – Que alma!

GUIMARÃES – É verdade, mas deu com os burros n'água.

HERMENEGILDA – Com os burros n'água?!

GUIMARÃES – Sim, senhora. Pois o Meyerbeer não é aquele mocinho estrangeiro que tinha uma loja de drogas na rua Direita? Quebrou e está hoje sem nada.

HERMENEGILDA – Não, eu falo de Meyerbeer, o cantor da Africana, de Julieta e Romeu, e da Traviata.

GUIMARÃES – Com esse nunca tive relações. *(À parte)* Decididamente, isto é gênero de primeira qualidade.

HERMENEGILDA – Não gosta de dança?

GUIMARÃES – Lá isto sim, é o meu fraco; morro por dançar, como macaco por banana.

HERMENEGILDA – Já tem par para a primeira polca?

GUIMARÃES – Não, senhora.

HERMENEGILDA – Poderei eu merecer a honra de voltigear com o senhor nesses mundos aéreos, até onde não ousa subir a acanhada concepção dos espíritos tacanhos e positivos?

GUIMARÃES – O que é que a senhora quer? Eu não compreendi bem.

HERMENEGILDA – Quer dançar esta polca comigo?

GUIMARÃES – Essa é boa, pois não. (*À parte*) Esta mulher está me provocando, e eu ataco-lhe já uma declaração nas bochechas.

CENA XII

[Guimarães, Vilasboas, Hermenegilda e Laurindinha]

LAURINDINHA (*Rindo-se às gargalhadas*) – Ah! Ah! Ah! Você já viu, primo, que súcia de feiosas, todas caiadas e a fazerem umas cortesias muito fora de propósito! (*Arremedando*)

VILASBOAS – E que linguinhas! Uma delas que dançou perto de mim, estava falando do seu balão.

LAURINDINHA – O que é que ela podia dizer do meu balão?

VILASBOAS – Eu lá sei; disse que você estava estufada, como uma pipoca.

LAURINDINHA – Ah! Ah! Ah! E elas são umas escorridas; parecem uns chapéus de sol fechados!

CENA XIII

[Os mesmos e Cocota]

COCOTA (*Entrando pelo fundo zangada*) – Vamos ver a capa, eu vou-me embora.

LAURINDINHA – O que foi?

COCOTA – Estou furiosa! Vamos embora.

VILASBOAS (*Para Laurindinha*) – Não caia nessa, prima. Já que veio cá, espere pela mamata, que não há de tardar.

LAURINDINHA – Mas o que foi que te aconteceu?

COCOTA – Um diabo de um mono assim que encontrei na sala tirou-me para uma quadrilha e entendeu que devia tomar-me para seu palito. Depois de me ter dito uma porção de asneiras, perguntou-me se eu não era da Cascadura, e acabou por pedir-me o molde do meu penteado.

LAURINDINHA – Ah! Ah! Ah! E tu encavacaste com isto?

COCOTA – Ora, falem com franqueza, vocês acham alguma coisa neste penteado? Pois o mono saiu às gargalhadas dizendo aos companheiros: Olhem o chique com que está aquela flor espetada no cabelo; parece uma lanterna de tílburi! Eu, que não aturo desaforos, mandei-o plantar abóboras e dei-lhe as costas.

GUIMARÃES – A menina fez muito bem. Uma ocasião, no baile das Nove Musas, estive às duas por três por lascar uma bolacha numa sujeita que me dirigiu uma graçola pesada. (*Para Vilasboas*) O senhor quer ouvir o que ela me disse? Olhe, escute (*Diz-lhe um segredo ao ouvido*)

VILASBOAS – Safa!

CENA XIV

[Raimunda, Cocota, Laurindinha, Vilasboas, Guimarães, Hermenegilda, dois criados, um com uma bandeja de doces e outro com a do chá, uma negra, com um pão-de-ló em uma salva, os meninos e a menina, Basílio e depois Damião.]
(*Os três meninos pulam para alcançar as bandejas que devem ser levantadas pelos criados*)

RAIMUNDA (*Para Laurindinha*) – Já tens par para todas as quadrilhas? (*Cocota e Laurindinha sentam-se no sofá*)

BASÍLIO (*Com uma xícara de chá, seguindo atrás das bandejas*) – Deixa ver isto. (*Os criados, atropelados pelas crianças, levantam as bandejas, sem atenderem a Basílio. Guimarães tira uma xícara que oferece a Hermenegilda, Vilasboas tira outra que vai oferecer a Cocota no momento em que as meninas esbarram-se com ele, obrigando-o a despejar a xícara em cima do vestido de Cocota*)

COCOTA – Ah! Estou com a pele da barriga toda assada! Que diabo de desastrado!

LAURINDINHA – Ah! Ah! Ah!

VILASBOAS – Não foi por querer, prima.

DAMIÃO (*Entrando pelo fundo e deparando com a negra que traz o pão-de-ló, baixo, zangado, a Raimunda*) – A senhora mande esta negra para dentro. Pois eu alugo para o serviço criados do Carceler e a senhora quer me envergonhar?! (*Para a negra, baixo*) Passa para dentro, tição. (*À parte*) Põem-me a cabeça tonta! (*Olha para os lados como quem procura alguma coisa e sai pelos fundos. A negra sai*)

VILASBOAS – Não haverá por aí pão com manteiga?

GUIMARÃES – O senhor é dos meus, para chá, pão com manteiga. Não entendo cá essas histórias de biscoitinhos e doces. (*Laurindinha e Basílio enchem os lenços de doces*)

RAIMUNDA (*Tirando doces da bandeja, para Basílio*) – Leve este para Chiquinha. (*Para Laurindinha*) Dê este docinho à filha do Barnabé do Tesouro; diga-lhe que não me esqueci dela.

VILASBOAS (*Para o criado*) – Deixa-me ver outra xícara. (*Tira a xícara, para Guimarães*) Não vai a outra?

GUIMARÃES – Reservo-me para logo mais.

VILASBOAS – Faz bem; é preciso deixar algum lugar para o sólido, mas, por causa das dúvidas, vou sempre me prevenindo. (*A orquestra toca dentro sinal para uma polca, os criados saem seguidos pelos meninos e a menina*)

GUIMARÃES (*Para Hermenegilda*) Esta é a nossa. (*Saem. Entram dois convidados e tomam o braço de Cocota e Laurindinha, saindo todos pelo fundo*)

RAIMUNDA – Dão sinal para uma polca, primo Vilasboas.

VILASBOAS – E eu que não tenho par. Ora, hei de encontrar alguma desgarrada. (*Sai juntamente com Raimunda e Basílio*)

CENA XV

[Aurélio e Marianinha]

MARIANINHA – Por que está tão triste hoje?

AURÉLIO – A tristeza tem-me sido companheira fiel desde o berço e há de guiar-me talvez até o túmulo. (*A orquestra dentro toca a polca*) No horizonte negro que se estendia diante dos meus olhos vi luzir uma estrela de bonança. Quando seus raios principiaram aquecer-me, o astro empalideceu e disse ao coração do pobre órfão: – Louco, que ousaste sonhar a felicidade, volta ao martírio e segue teu destino.

MARIANINHA – O teu destino é o meu; expele de teu rosto as nuvens sombrias da tristeza e pensa nesse amor que será a nossa ventura.

AURÉLIO – Esse amor é impossível, Marianinha. Sem nome, sem família e sem fortuna, vejo-me repelido por teu pai e a consciência diz-me, nas horas em que a esperança vem acalentar-me, que devo fugir quanto antes desta casa.

MARIANINHA – Mas minha mãe te adora, Aurélio.

AURÉLIO – O coração de uma mãe é sempre generoso!

MARIANINHA – Eu te juro que serei tua.

AURÉLIO – Não jures; entre a opulência que te espera, embora amargurada, e a pobreza feliz, teu pai escolherá aquela e os teus votos serão impotentes diante de tão funesta ambição.

MARIANINHA – Tu não me conheces.

AURÉLIO – Conheço-te. És um anjo! Se a sorte te ligar a esse homem não te criminarei por isso. Curvar-me-ei submisso ante o meu destino e seguirei meu caminho.

CENA XVI

[Os mesmos e Damião]

DAMIÃO (*Entrando às pressas pelos fundos, baixo a Marianinha*) – Lá está a deslambida da Hermenegilda a dançar com o Guimarães e tu aqui. Anda, vem para a sala. Com licença, Senhor Aurélio. *(Sai com Marianinha)*

CENA XVII

[Vilasboas e a menina, Aurélio e depois Hermenegilda e Guimarães]

VILASBOAS (*Para a menina*) – Afinal sempre achei um par! Vamos dançar aqui, Isabelinha, que está mais folgado. (*Dançam, e Aurélio senta-se pensativo*) Faça o passo largo, levante mais o braço, não envergue tanto o pescoço; bravo! Assim.

GUIMARÃES (*Com Hermenegilda*) – Aqui não há tanto aperto. (*Dança a varsoviana ao passo que Hermenegilda dança a polca*)

HERMENEGILDA – Nós laboramos em engano. O que é que o senhor está dançando?

GUIMARÃES – Pois não é assim?

HERMENEGILDA – A orquestra executa uma polca e o senhor está dançando a varsoviana!

GUIMARÃES – Pois isto que estão tocando não é a valsa-viana? Minha senhora, eu aprendi com o Guedes e sei onde tenho o nariz. Vamos lá, havemos de acertar. (*Dançam outra vez desencontrados; Vilasboas esbarra-se com Guimarães e atira-o ao chão*)

VILASBOAS (*Continuando a dançar muito entusiasmado*) – Desculpe-me; quando encontro um bom par, perco a cabeça. (*A orquestra pára*)

HERMENEGILDA (*Para Guimarães*) – Machucou-se? Venha beber um copo de água. (*Saem todos menos Aurélio*)

CENA XVIII

[Basílio e Aurélio]

BASÍLIO – Não dança, Senhor Aurélio?

AURÉLIO – Já dancei a primeira quadrilha.

BASÍLIO – Devia ter dançado a segunda que é a dos namorados. Maganão!

AURÉLIO (*À parte*) – Que maçante!

BASÍLIO – Eu também já não danço. O meu maior prazer nestas reuniões é a boa conversa. (*Tirando a caixa de rapé e oferecendo uma pitada a Aurélio*) – Não gosta? (*Aurélio agradece*) Ora, diga-me uma coisa; o senhor não é filho de São Paulo?

AURÉLIO – Sim, senhor; nasci na capital, lá eduquei-me e formei-me.

BASÍLIO – Boa terra! Passei ali a minha mocidade e ainda tenho saudosas recordações dos pagodes que lá tive. Nós, quando somos moços, fazemos cada extravagância...

AURÉLIO – Eu imagino o que o Major por lá faria...

BASÍLIO – O senhor conheceu lá uma... Não; não há de ser do seu tempo.

AURÉLIO – Diga sempre.

BASÍLIO – Ora, isto já foi há tantos anos, e graça é que nunca mais soube notícias daquela pobre criatura! Foi uma rapaziada... Mas, enfim, eu lhe conto. Havia na Luz uma rapariguinha viva e travessa que era requestada por muitos estudantes, menina séria. Eu fazia o meu pé de alferes com a sujeita e em um belo dia, quando menos pensava, sou apanhado em flagrante pela velha que era um demônio. Espalhou-se a notícia pela cidade, a polícia soltou atrás de mim os seus agentes, e eu, – pernas para que te quero! Venho para a corte, meu pai soube do negócio e assenta-me a farda às costas. Pobre menina! Nunca mais dela soube notícia.

AURÉLIO (*Com interesse*) – Esta mulher morava na Luz?

BASÍLIO – Sim, senhor, quase a chegar à Ponte Grande.

BASÍLIO (*Com interesse crescente*) – E como se chamava?

BASÍLIO – Maria da Conceição.

AURÉLIO – Maria da Conceição!! E o nome da velha que morava com ela?

BASÍLIO – Mas que diabo tem o senhor?

AURÉLIO (*Disfarçando*) – Nada. O nome da velha?

BASÍLIO – Creio que era Aurélia.

AURÉLIO (*Segurando em Basílio*) – Foi pois o senhor quem atirou no caminho da perdição uma mulher pura e inocente que devia mais tarde lançar ao mundo um desgraçado?!

BASÍLIO – O que é isto, senhor? Deixe-me.

AURÉLIO – Sim; saiba que este que tem à sua frente é o fruto desse amor criminoso.

BASÍLIO – O fruto? Pois que...o senhor... Tu és meu filho! (*Chorando e ajoelhando-se*) Perdão.

AURÉLIO – Senhor, minha pobre mãe, que está no céu, sofreu tanto...

BASÍLIO – Perdão, meu Aurélio. Deixa-me contemplar teu rosto. (*Abraça-se com Aurélio chorando em altas vozes*) – Se procedi como um miserável para com aquela infeliz que te deu o ser, eu juro que doravante saberei ser teu pai. Vira para cá esse rosto (*Dá um beijo em Aurélio chorando*) És o retrato da tua defunta mãe. E como chegaste à posição em que te achas?

AURÉLIO – Graças à alma generosa de um protetor que já não existe e que foi um verdadeiro pai que encontrei no caminho da vida.

BASÍLIO – O teu verdadeiro pai aqui está... Tu serás o arrimo da minha velhice. Não me perdoas?

AURÉLIO – Meu pai. (*Abraça aBasílio*)

BASÍLIO – Meu filho. (*Abraça-o chorando e rindo-se ao mesmo tempo*)

CENA XIX

[Os mesmos e Damião]

DAMIÃO (*Entrando pela direita*) – O que é isto?

BASÍLIO (*Abraçado com Aurélio*) – Eu fui um grandíssimo patife, porém juro-te que serei teu escravo.

DAMIÃO (*Para Basílio*) – Mas que diabo é isto?

BASÍLIO – Ah! És tu? Abraça-me, abraça-me, Damião! (*Abraçando-o*) Eu quero abraçar todo o mundo.

DAMIÃO – Já sei, tu fizeste algumas visitas à copa e bebeste mais do que devias.

BASÍLIO – O que se passa em mim é tão grande, acho-me neste momento tão altamente colocado, que não desço a responder à chufa pesada que acabas de me dirigir.

DAMIÃO – Por que motivo queres abraçar então todo o mundo?

BASÍLIO – Conheces aquele rapaz?

DAMIÃO – Pois não conheço o Senhor Doutor Aurélio?!

BASÍLIO – Olha bem para ele. (*Pausa*) Olha agora para mim. (*Pausa*) Não achas ali um quê...

DAMIÃO – Um quê?!

BASÍLIO – Aurélio é meu filho e eu sou seu pai.

DAMIÃO – Ah! Ah! Ah!

BASÍLIO – É uma história que depois te contarei. (*Para Aurélio*) Vamos para a sala, preciso desabafar com todos a alegria que me vai pelo coração. Vamos, meu filho, quero te apresentar como tal às tuas irmãs. (*Sai com Aurélio*)

DAMIÃO – Um filho natural! Eu já devia sabê-lo. Aquele rubor que lhe subia às faces quando se lhe falava na família... (*Sai pensativo pelo fundo*)

CENA XX

[Hermenegilda e Guimarães]

Hermenegilda – Os perfumes dos salões falam-me às fibras mais recônditas da alma. Sinto um indefinível que me atrai para os espaços como as estrelas que brilham no éter purpurino das melodias do céu.

GUIMARÃES (*Com um cravo na mão, à parte*) – O negócio há de começar por esta flor.

HERMENEGILDA (*Depois de pequena pausa*) – Que ar pensativo é este que lhe anuvia a fronte em cismas de poeta?

GUIMARÃES – O que é que a senhora está dizendo?

HERMENEGILDA – Por que está tão pensativo?

GUIMARÃES – Eu...Ora esta...É meu modo. Quando estou no armazém é sempre assim. (*À parte*) Vou lhe dar a flor. (*Alto*) Minha senhora... (*À parte*) Deixe-me ver se me lembro...

HERMENEGILDA – O que quer?

GUIMARÃES (*Oferecendo-lhe o cravo*) – Tomo a liberdade de oferecer um cravo a outro cravo.

HERMENEGILDA - Ah! Será possível? Deixe-me oferecer-lhe também uma flor do meu inodoro ramalhete. (*Tira uma flor do buquê que traz*) Tome, é uma perpétua. Sabe o que quer dizer no dicionário das flores esta inocente filha dos vergéis, vestida com as cores sombrias do sentimentalismo?

GUIMARÃES – Não, senhora.

HERMENEGILDA – Quer dizer constância eterna.

GUIMARÃES (*À parte*) – Eu atiro-me aos pés dela e acabo com isto de uma vez.

HERMENEGILDA (*Pondo o cravo no peito*) – Este cravo não me sairá do peito até que morra. "Morte, morte de amor, melhor que a vida."

GUIMARÃES (*Ajoelhando bruscamente*) – Ah! Minha senhora, eu a adoro; pela senhora... Eu a amo.

HERMENEGILDA – Não repita essa palavra, que me afeta todo o sistema nervoso.

CENA XXI

[Os mesmos, Vilasboas e Laurindinha]

VILASBOAS – Um patife ajoelhado aos pés de minha mana.

LAURINDINHA – Ah! Ah! Ah!

VILASBOAS – Não se ria, prima, que isto é muito sério.

GUIMARÃES (*Levantando-se*) – Que tem você com isto?

VILASBOAS – O que tenho com isto?!

LAURINDINHA (*Apontando para Guimarães*) – Ah! Ah! Ah! Olhe, que cara, primo Vilasboas.

VILASBOAS – Não se ria, prima, que eu tenho gosto de sangue na boca. (*Para Guimarães*) Prepare-se para bater-se comigo, senhor.

GUIMARÃES – Pois para bater-me com você é preciso preparar-me?

VILASBOAS – Escolha as armas!

HERMENEGILDA (*Pondo-se de permeio*) – Cassiano Vilasboas, meu irmão, não derrames o sangue deste homem.

LAURINDINHA – Ah! Ah! Ah!

VILASBOAS – Escolha as armas, senhor!

GUIMARÃES – Estou pronto. (*Avança para Vilasboas e dá-lhe uma bofetada*)

VILASBOAS (*Gritando*) – Ai! Ai! Ai!

LAURINDINHA – Ah! Ah! Ah!

GUIMARÃES – Em guarda, e defenda-se! (*Dá outra bofetada*)

VILASBOAS (*Gritando*) – Ai! Ai! Socorro! Socorro! (*Hermenegilda desmaia nos braços de Laurindinha*)

CENA XXII

[Vilasboas, Hermenegilda, Miranda, Damião, Raimunda, Marianinha, Basílio, Laurindinha, Cocota, Guimarães, Aurélio, convidados e os meninos]

DAMIÃO – O que é isto, meus senhores? Que escândalo!

VILASBOAS (*Apontando para Guimarães*) – Este homem ousou levantar a mão para o meu rosto. Deve-me uma reparação.

MIRANDA – Minha filha! (*Hermenegilda acorda*)

VILASBOAS (*Para Miranda*) – Meu pai, surpreendi-o aos pés de minha mana e desafiei-o para bater-se comigo.

MIRANDA (*À parte*) – É preciso fazer render a situação. (*Alto, para Guimarães*) O senhor deve-nos uma reparação.

GUIMARÃES – Mas que diabo de reparação querem vocês? Eu gosto desta moça, caso-me com ela e está acabado.

MIRANDA (*Abraçando Guimarães*) – O senhor é um homem de bem.

DAMIÃO (*Para Guimarães*) – Mas, minha filha...

GUIMARÃES – Sua filha disse-me na bochecha que já tinha dado o capital a outra sociedade e isto de mulher sem o capital...Hum...temos conversado.

BASÍLIO (*Para Damião*) – Sua filha tem aqui um noivo. (*Apresentando Aurélio*) E eu, como pai, dou o meu consentimento.

LAURINDINHA e COCOTA – Como pai?

BASÍLIO – Sim, é seu irmão.

LAURINDINHA – Ah! Ah! Ah! Donde saiu este irmão de comédia?

MARIANINHA (*Ajoelhando-se com Aurélio aos pés de Damião*) – Meu pai, a sua benção. (*Damião volta o rosto*)

GUIMARÃES (*Para Vilasboas*) – Se quiser bater-se comigo ainda estou às suas ordens.

VILASBOAS – Uma vez que o senhor vai ser meu cunhado, eu o perdôo; fica a bofetada em família.

DAMIÃO (*Para Marianinha e Aurélio*) – Casem-se, eu irei acabar a minha vida longe daqui. Maldita parentela! Envergonham-me, roubam-me o genro e acabam introduzindo-me em casa ainda um parente! (*Canta*)

Meus senhores, neste espelho
Podem todos se mirar.
Em parentes desta ordem

Ninguém deve se fiar.
Se algum dia se casarem
Vejam lá, tenham cautela!
Que há mulheres que, por dote,
Trazem esta parentela.

(*Cai o pano*)

FIM